KB142985

혼자 가는 먼 길

혼자 가는 먼 길

권태주 시집

(주)교학사

| 머리말 |

　문학을 한다고 시집을 옆에 끼고 캠퍼스를 거닐던 한 문학청년이 있었습니다. 그의 꿈은 검사도 판사도 아닌 초등학교 선생님이었습니다. 현실과 이상과의 괴리감 속에서 그는 괴로워했고 닥치는 대로 시를 읽고 쓰기 시작했습니다. 쇠죽을 끓이는 아궁이 앞에서 웅크리고 시를 쓰는 아들에게 어머니는 그런 아들을 보며 "시는 뭐 하려고 쓴다냐?" 하시며 걱정스럽게 말씀하셨습니다.

　어느덧 40여 년의 세월이 흘러갔습니다. 어머니도 이젠 이 세상에 안 계시고 그 젊은 문학청년은 어느새 시인이 되었고 교장으로 서 있습니다. 지난 세월을 돌이켜 보며 새로운 시집을 정리해 봅니다. 아직도 가야 할 길이 멀어 보입니다. 하지만 독자들에게 내놓습니다. 이 시를 읽으면 어떤 감동이 올지 또 자신의 삶을 반추할지는 독자들의 몫이라 생각하고 가을 비처럼 내리는 운동장의 낙엽들을 바라봅니다.

2023년 계묘년 가을에 반석 서재에서
일초逸草 권태주

| 차례 |

제1부 ⦙ 그냥 꽃

제2부 ● 장승포에 닻을 내리다

제3부 ● 가을 연시戀詩

제4부 ● 낯선 곳에서 하룻밤을

제5부 • 멀리 있는 것은 밤에만 보인다

제1부

·

그냥 꽃

꽃마리

봄이다 봄
네게도 찾아온 봄
낮은 풀밭에서 기지개를 켜며
봄을 맞이하는
작고 예쁜 꽃
스쳐 가는 바람에도 흔들리지만
나 여기 있어요
꽃이라고 불러 주세요
내 이름은 꽃마리예요

그냥 꽃

설명하지 않아도
꽃은 꽃이다
배꽃
복숭아꽃
앵두꽃
내 밭에서 피는 나의 꽃들

우리나라 꽃

봄에서 여름으로 가는
우리나라 산과 들판 풀밭에는
제각각 피어나는 꽃들
누가 가꾸지 않아도 어김없이
피어나는 꽃들
색깔도 다양하게
모양도 다양하게 피어서
반겨 주는 모습 또한 환하다
어디서 왔는지는 알 수 없지만
지금은 우리나라 땅에 피어서
계절을 알리고 자신의 존재를 알리며
피고 지는 지고 피는
꽃들 다정하여라

비 오는 날에

비가 온다
비가 온다
꽃들은 바람에 흩날리고
내 마음도 바람 따라 날아간다

그대는 지금
안녕한가
바람 따라 흘러간
지난날의 사랑

꽃들의 이야기도
잎들의 소란스러움도
바람이 남긴
사랑의 흔적들은 지금
비가 되어
어디에서 떠돌고 있는가

어떤 시인

가을이면
우리나라 산과 들을 다니며
꽃씨를 모으는 시인이 있었지
예쁜 꽃씨만 모으는 것이 아니라
아주 작은 들꽃씨마다 모아
봉지에 이름을 적어
겨울이 올 때까지 보관했지
겨울이 오면 배낭을 싸고
북반구든 남반구든 아무 나라에 가서
트래킹을 하며 길가에
노란 꽃봉투를 꺼내어
꽃씨를 뿌렸다네

누가 알았을까
그 꽃씨들이 봄이면 싹을 틔워
낯선 나라 낯선 땅 길가에서 초원에서
솟아올라 꽃을 피우는지
시인은 밤마다 꿈을 꾸며
이국땅 초원에서 노랗고 하얗게 만발한

구절초 세상을 보았겠지
꿈속의 나라에
우리 꽃들이 꽃밭을 이룬 들판을 거닐었겠지
하지만 그 틈 사이 몰래 솟아나
하얗게 핀
개망초꽃도 바람에 흔들리고 있겠지

새들의 집

새집을 달아 주었습니다
아침마다 쨱쨱대며 숲속에서 울어대는
새들에게 편안히 쉴 수 있는
안식처를 주고 싶었습니다
새들이 쉬어 가고
아이들이 그 아래에서 뛰놀고
평화로운 숲속 풍경을 만들어 주고 싶었습니다
오늘 밤도 편안한 밤이 오겠지요
새들의 밤
새들의 집
새집

벌써 여름인가요

봄인 줄 알았는데 벌써
아까시꽃이 피고
여름이 오나 봐요
이제는 황사 먼지도 사라지고
자동차 보닛을 덮었던 송홧가루도
빗물에 쓸려 가니
벌써 여름인가 봐요

개구리 반상회

여름이 왔나 보다
정자에 앉아 듣는 개구리 소리
왁자지껄 함께 소리 내는 개구리들
가끔 두꺼비 소리도 있는지
목소리가 개굴지다
요란하게 떠들어대며 짝을 찾는지
점점 커지는 개구리 반상회
밤늦도록 멈추지 않고
공원 물속에서 회의 중인
개구리네 반상회

질경이

왜 네 이름이 질경이인지
이름만 불러봐도 알겠다

질기고도 질긴 삶
그러나 아주 당당하게 살아왔다
사람들의 발길이 닿는 곳이나
콘크리트 도로 빈틈에도 솟아나 자라고 있다
잎은 낮게 바닥에 있으나
꽃대는 꼿꼿하게 서 있다

우리 아이들이 무심히 밟고 지나가는 들길에도
무수히 솟아 나와
때를 기다리고 있다

지금은 씀바귀도 민들레도 질경이의 영토에 밀려나 있다
토끼풀만이 너의 적이다

밀밭 사이로

밀밭에 가면
한겨울을 이겨낸 초록의 밀들이
짱짱하게 일어서려고 한다

봄이 지나갈 무렵
중앙아시아 초원을 지나온 바람이
밀밭 사이로 지나가면
어느새 이삭은 누렇게 변하고
모압에서 온 나오미의 며느리 룻*의
보리밭이 떠오른다

보아스를 향한 룻의 사랑
정결한 여인이었기에 보리밭의 주인 보아스는
이삭을 줍는 룻을 언제나 지켜보았으리

먼 옛날
단군과 동족들이 우랄산맥을 넘어

---

* 구약성경 룻기에 나오는 여인. 보아스와 재혼하여 훗날 다윗과
예수님의 조상이 된다.

초원 지대를 지나 만주 벌판까지 지나올 때
함께 했을 우리 밀
오늘은 이 땅의 들판에서
수확을 기다리며 익어 가고 있다

조물주 마음

비행기가 하늘로 날아올랐다
희뿌연 구름을 헤치고 솟아오르자 펼쳐지는
망망한 남극 대륙 눈의 바다
조물주가 빚어낸 세상이 하늘 위에 펼쳐져 있다
저 구름의 향연 밑엔
내가 살아오던 땅과 바다가 있을 테고
그곳에 사람들은 오늘도 하루를 시작하겠지

비행기가 점점 고도를 높여 간다
점점 드러나는 지구의 푸른 하늘
어느새 구름은 저 아래에서 흩어져 흘러간다
지금까지 살아오면서 선과 악을 이야기하고
사랑과 우정을 노래했다
그리운 것들은 하늘 아래 살아가고 있으니
지금은 조물주의 마음으로
펼쳐진 풍경을 본다

흑암을 뚫고 자연의 빛으로
세상을 창조한 날

이 우주의 빛이 별과 생명을 만들고 마침내
최초의 인간 아담에게 생기를 넣었다
지구의 역사가 수천 년에서 수십억 년이라고 추측하지만
매일 같이 변하는 하늘의 일상
창조와 변화는 지금도 이루어지고 있다

비행기는 다시 목적지를 향해 800km의 속도로 전진한다
다시 나타나는 하늘 위의 설원
그 신비로운 풍경을 바라보며
조물주의 마음을 가져 본다

반만년 역사 위에
− 공주고 55기 회갑 기념 축시祝詩

공주에서 아니 충청도에서
대한민국에서 몰려온 인재들이
쌍수*雙樹 곧게 뻗은
공산성 바라보며 꿈을 키운
3년의 세월

봉황**의 기운을 가슴에 품고
학업에 정진하던 날들
너와 나 인고의 세월 참아내며
친구가 되었다

우리는 자랑스러운 55기
자신의 자리에서 최선을 다하여
멋진 은행나무***로 자라났다
귀한 열매 맺어 많은 이들에게 베푸는
우리는 55기의 동기들

---

* 공주고의 상징 나무
** 공주고 교조
*** 공주고 교목

인생 고개 60 고개를 넘어
유월의 빨간 장미**** 핀 오늘
회갑의 자리에 함께하니
그 또한 기쁘지 아니한가 친구여
이제 남은 세월 건강하게 전진하여
70, 80, 90의 고개까지 손잡고 넘어가세
사랑하는 나의 동기들이여!
사랑하는 우리 친구들이여!

**** 공주고 교화

지렁이

지렁이 한 마리가
공원 길 콘크리트 위를 기어간다
본래 너의 집은 어디였느냐
땅속에 터를 잡고 살다가
어느 날 뜨거운 태양 아래 지열로
지렁이의 집은 더워지고
서늘한 곳을 찾아 떠나왔지만
세상 밖은 더 뜨거운 열사의 나라
그래도 사력을 다해 기어가려고 꿈틀대 보지만
지렁이를 향해 달려드는 개미 떼들
개미들에게 지렁이는 일용할 양식이 되었구나
뜨거워도 살던 집이 더 나았던 것을

그리운 고향

고향이 어드메뇨?
내 고향은 서해 노을지는 곳
봄이면 종달새 날며 삐비꽃 피는 들판을 달리고
여름이면 소낙비 지나가는 논길
미꾸라지 통발에 걸려 꾸물대던 수로
가을에는 뒷산 후드득 밤알 떨어지면 몰려가
수풀에 숨은 밤 찾던 어린 시절이 있고
겨울에는 쇠죽 끓이는 아궁이 속 고구마 구워
동치미에 얼음 띄워 먹던 밤이 있는
그곳이 내 고향이라오
내 유년의 고향이라오

꽃이 지다

학교에서 자신의 목숨을 던진
한 여교사의 죽음의 항변이
긴 장마의 대한민국을 뜨겁게 달구고 있다
언제부터인가 교사가 을이고
학부모가 갑이 된 교육계
청운의 꿈을 안고 출발한 교직의 길이
불면과 불안으로 점철된 나날이 될 줄을
새내기 교사가 상상이나 했던가
학교 폭력과 그에 따른 학부모의 집요한 협박이 난무하는
교육계의 현실 앞에 교사들의 좌절은 깊어만 갔다
해맑기만 한 아이들의 눈빛이라고
사랑을 주려고 했던 새내기 교사의 열정도
사소한 아이들의 다툼에 관련된 학부모의 갑질에
몸은 야위고 정신은 황폐해져 삶의 의지가 꺾였다
편히 가시라
남은 날들은 살아 있는 자들의 몫이니
영면하시라
그대가 펼치지 못한 사도의 길을
사랑과 존중 평화와 회복의 세상으로 바꾸리니

진실은 그대의 죽음을 외면하지 않으리니
변화의 거대한 물결이 지금 이 땅에 요동치고 있으니
안식하시라.

궤짝 카페

장호원에 가면 복숭아밭이 있고
복숭아밭 사이로 보이는 카페가 있다네
어릴적 할머니 방에 반들반들하게 놓인 궤짝
할머니의 인생사가 그곳에 들어 있어
더욱 소중하게 다루시던 궤짝

논길을 건너 숲길을 지나 복숭아밭 속에
화가 한 사람 터를 잡고 농사지으며 만들었다네
궤짝 안에는 무엇이 있나?
화가의 삶이 녹아 있고
가족의 행복이 있고
따뜻한 커피 향과 복숭아스무디가 있다네

오늘도 땀 흘리며 복숭아를 따고
밤이면 멋진 그림을 그려낸다네
궤짝은 낡고 녹슬어 가지만
화가의 정신만은 더욱 또렷해져
장호원 밤하늘에 빛나고 있다네
반딧불이처럼 반짝이고 있다네

제2부

•

장승포에
닻을 내리다

장승포에 닻을 내리다

먼 대양 태양이 작열하는 바다 위에서
어부인 나는 갈증을 참으며
그리운 고향 장승포를 그리워했다
배 주변에 나타난 돌고래 떼는
무리 지어 물살을 헤치며 앞으로 나아가고
서쪽 하늘 불타는 노을을 보니
가을 햇살 아래 거제도 둔덕에서 흔들리는
분홍 코스모스도 보고 싶었다
나의 귀선을 간절하게 기다리는 풍차는
바람의 언덕에서 바다를 바라보며 돌아가고
처얼썩 철썩
파도는 몽돌해변에 몰려와서
수없는 자맥질을 했다
그리운 이여
목마른 날들의 그리움들은
그물을 당길 때마다 찾아오는
갈매기에 사연 담아 무수히 날려 보냈다오
긴 노동이 끝나고 난 후
은하수 쏟아지는 밤하늘 보며

만선의 깃발을 꽂고 그대에게 왔다
나 이제 사랑하는 그대를 만났으니
장승포에 닻을 내리고
그대 품속에서 단꿈을 꾸며
오랜만에 긴 잠에 빠져 보리다

산딸나무 아래에서

그래 거기 있었구나
봄날 가지마다 하얗게 꽃 피워 그리움 날리더니
계절도 바뀌어 무수한 날들도 지나가
태풍 몇 개 가슴에 담으며 빨간 흔적을 남겼구나

아침마다 까치와 참새들 날아와
달콤한 맛에 취했다 가고
유년 시절 아이들 몰려와 허기를 채우던
산딸나무 열매

오늘도 나는 산딸나무 그늘에 앉아
초록들의 이야기와 흘러가는 구름을 보네

순천역

– 남도 기행

서울역에서 순천행 통일호 기차가
지네 같은 몸 한 번 흔들어 대고
쇳소리와 함께 힘을 주며 출발했다
쿨럭거리며 종착역 향해 전진하는 기차
비껴 지나가는 풍경에서 시선을 거두고
초라했던 일상들을 하나씩 창밖으로 버렸다
기차를 끈질기게 따라오던 아파트 무리가
대전을 지나니 자취를 감추기 시작했다. 대신
초록으로 변장한 산과 들판들이 나 보란 듯
가슴 속으로 불쑥불쑥 머리를 들이밀어
회색 도시에 진저리난 마음을 쓸어갔다
유배의 땅 등 굽은 채 신음하던 세월
지금도 달라진 것은 없지 않냐며
너는 또 뭐하러 오느냐. 돌아가라 하며
남도의 산하가 핀잔을 주었는지
따가운 햇볕 창문으로 몰려와서 잉잉거렸다
팔월 남도 통일호 기차의 그르렁거리는 소리
바다가 가까워졌는지 낯선 여행의 그리움들이
복병처럼 한꺼번에 달라붙어 엉겨와 목이 말라 왔다

민들레 홀씨

깊어 가는 가을
아직도 엄마 품에서 떠나지 못하고
혼자 남은 사랑
아직은 때가 아니니 떠나갈 때가 오면
미련 두지 말고 떠나거라

잠 못 드는 밤에

핀란드에 가면 작곡가 시벨리우스가 있고
스웨덴에는 그룹 아바가 있지
음악으로 만나는 북유럽의 풍광들
험준한 산들이 줄지어 선 노르웨이
그리그의 음악을 들으면 먼 옛날
페르귄트의 안타까운 사랑 이야기가 숨어 있어
여행자의 가슴을 설레게 하네

그대여
깊은 밤 잠 못 들어 뒤척일 때
먼 북방의 여행자가 바라볼
백야의 오로라를 상상해 보시게
푸르게 불타오르는 정열의 사랑춤
북극 하늘 위에 그리움도 불타오를 것이네

문득

파란 하늘에 흰 구름 떠 가고
노랗게 물든 은행나무 줄지어 선 가로수길에 서면
갑자기 어디론가 떠나고 싶은 마음

어디로 갈까
하얗게 포말 남기며 달려드는 바다로 갈까

저 스스로 툭툭 단풍 지다
겨울로 가는 깊은 산속으로 들어갈까

내 이런 마음을 그대도 알고 있을까

눈부신 가을 아침

고구마 혹은 온기

봄에 나온 고구마 새순들이
농부의 손에 황토밭에 심어져 가뭄과 장마를 견디며
줄기를 뻗고 잎을 무성하게 만들었다
젊은 날을 방황하던 아들이 새 직장을 찾아
출근하던 날
아비는 수확한 고구마를 삶아
아들의 가방에 넣어 준다.
아비의 따뜻한 마음까지 넣어 준 고구마 봉지
아들은 이른 새벽 직장을 향해 출근하고
아들의 뒷모습을 보며 기도하는 아비
바쁜 하루 일정에 아들은 정신이 없겠지만
가방 속 고구마는 여전히 온기를 유지할 것이다
아비의 기도하는 마음도
함께 오래오래 남아 있을 것이다.

파도

무엇이 너를 하얗게 흥분하게 하였느냐
진실이 통하지 않는
거짓이 진실을 덮어 버리는 현실에
푸른 분노는 심연에서 솟아오르고
끝없는 반복의 일상으로 달려오는구나

깨어지는 아픔이 있을지라도
부서지는 흰 파도는
거짓의 산을 향해
소리 내며 달려든다
진실하라고
실천하는 양심이 되어 보라고

– 8월 11일 아픈 날에

호박꽃

봄날 뒷산 언덕에 심은 호박씨

작년 밭에서 수확한
맷돌 호박 안에 있던 작은 생명

풀들이 먼저 알았는지
호박 싹이 나올 곳을 덮어 버리고
내 기억에서도 감감히 잊혀지던 어느 날

산책하는 길가에 피어난 호박꽃
호박꽃도 꽃이구나
하얗게 깔린 개망초꽃 사이에서
나 좀 보라고
나 여기서 꽃피우고 있다고
활짝 웃는 나의 호박꽃

옥수수

옥수수가 수염을 휘날린다
당당하게 서서
태양의 에너지를 온몸으로 받아들인다
어느덧 탱글탱글하게 차오르는
옥수수알들
너를 시기하고 비웃는 무리조차
가까이 접근하지 못하게
너의 성장은 멈추지 않는다

기다림

사랑아
넌 지금 어디쯤에서 멈춰 서 있느냐
썰물은 내 사랑을 바다 끝까지 끌어가 버려
그리움조차도 이젠 희미해진 기억뿐이구나

기다림의 끝자락 어디선가
떠나버린 사랑은 소리 없이 갯골을 타고 흘러와
이젠 발밑에서 출렁이는구나

하지만 너무 늦었다
내 사랑은 어느새 너를 떠나
서해 한가운데를 표류하고 있는
슬픈 사랑이 되었구나

고마운 비

비가 오월의 단비가
촉촉하게 대지를 적셔 주는 아침
따가운 햇볕에 말라 가던
고구마 줄기의 목마름도
땅속 깊이 움트려던 씨앗들의 간절함도
비가 내려 웃음 짓게 하는
농부의 환한 얼굴

고향

고향을 떠나온 지 40년 세월
옛집은 허물어져 빈 바람만 드나들어
함께 웃고 울던 가족들 뿔뿔이 흩어지고
옛사람들 북망산으로 떠났구나
앞마당 하얀 민들레는 세월 따라 피고 지며
하얀 그리움들만 파도 위에 날려 보내는데
부초처럼 떠다니다 돌아온 나그네야
고향을 떠나지 말고 댓잎 소리 베개 삼아
세월이나 낚아 보시게

비 오는 풍경 · 2

비가
봄비가 내리면
온산을 향기로 가득 채우던
아카시아꽃들도 시들어
하얀 교복 입은 여학생들의 발자국들도
희미한 기억들로 잊혀져 가네

온 천지는 초록들로 가득한데
내리는 빗방울들은 더욱 초롱초롱하게
잎사귀에 맺히네

목말랐던 화분들은 힘껏 온몸을 뻗어
수분을 빨아들여 생기가 넘쳐
아직 피우지 못한 꽃봉오리까지 피게 하고자
힘을 다하는 비 오는 아침

커피 내리는 남자

그 남자의 출근 시간은 일정하다
적당히 막히는 거리를
라디오 속 잡다한 세상 이야기 한쪽 귀로 들으며
도착한 텅 빈 주차장에 차를 세우고
주변 초록의 풍경을 감상한다.

밤새 안녕한 사무실의 전등을 켜고
익숙하게 컴퓨터 전원을 올리면
새로운 하루의 일과

갈색의 커피콩을 가득 채우고
분쇄기에 커피가 갈리면
고요한 공간에 퍼져가는 원두커피의 향
커피 향과 섞여 가는 애절한 가곡
한 방울씩 떨어지는 커피를 바라보는 남자

어느 이국의 열대우림에서 자라나
볶아진 채 세계인의 기호품이 된 커피에는
에티오피아 콜롬비아 소년의 눈물이 있다.
방울방울 사랑의 흔적들도 분쇄되어 떨어지고 있다

강남 건강검진센터

강남 건강검진센터에 똑같은 복장으로
순서에 따라 검사하는 사람들
침묵 수행으로 몸의 다양한 부위를 검사한다

길 건너 주유소에는
목마른 자동차들 줄지어 들어가고
세차장에는 먼 이국에서 온 일용직 노동자들 종일
물기를 닦아내고 내부까지 먼지를 빨아 준다

한낮의 강남 사거리에는
끊임없는 차들의 행렬
사람들은 핸드폰에 눈길이 간 채 요리조리 도로의
장애물을 비켜간다

나는 대장 속 커다란 용종을 내시경으로
떼고 있을 아내를 기다리며
시집을 읽는다
아내는 마취된 채 잠들어 있고
대장 속 내시경은 대장 속을 능숙하게 다니며

용종을 떼어낼 것이다

초여름 한낮의 뜨거운 열기는
나무병원 앞 플라타너스 위에서 혀를 날름대고….

결혼

우리의 인연이
은하수 깊은 별의 바다를 건너
지구라는 행성에 내린
별똥별이었으리

참을 수 없는 외로움들이
우주 공간에서 떠돌다
두 개의 그리움으로 만나
하나의 단단한 사랑이 되었구려

사랑하는 이여
이제 우리 외롭지 않고 허전하지 않은
따뜻한 사랑 나누며 살아 봅시다

때론 고난이 닥쳐오더라도
서로의 체온으로 연결된 연리지되어
기도로 함께 헤쳐 나가는 부부
삶이 끝나는 날까지 함께 손잡고 가는
행복한 삶을 가꾸어 봅시다.

꽃 진 자리에 꽃이 핀다

꽃 진 자리에 꽃이 다시 피듯
악의 꽃은 역시 악으로 필 것이고
가브리엘의 꽃은 천사의 꽃으로
천 번 만 번 다시 필 것이다

−코로나19 바이러스를 보며

잊고 산 것들

앞산에 진달래 붉게 피어
그리움 전하는 것을 잊고 살았네

너와 나 함께 어울려 봄나들이 가서
숨바꼭질하고 보물찾기하던 즐거움도 잊고 살았네

거리는 조용해지고 하얗고 검은 마스크의 사람들만
표정 없이 총총걸음으로 사라져 가는 저녁
잊고 살았네
남쪽 바다 사연 담은 동화 작가의 이야기까지

봄을 수놓았던 꽃들도 지고
초록의 잎들 온산 가득 채워 가고 있음에

문득 잊지 말고 살아야 하기에
오늘은 남녘 친구에게 손 편지 한 장 써서 보내리

출근길

새벽이면 쏟아져 나오는 차들
하루의 삶이 있고
가족들의 생계가 달려 있을 출근길
조금 바쁜 차가 있으면 양보하며 달려가는 길
하늘엔 뿌연 코로나 구름
길 옆 산들은 어느새 우거지는 녹음
그 숲속의 생명은 무성함에 몸을 숨기고
하루의 삶을 살아가리.
그렇게 나의 출근길은 전진하는 삶이다.
가끔 졸음이 밀려와 가드레일을 심하게 들이받은 날도 있지만
핀란드산 껌 한 통을 다 씹으며
달려가는 인생아
달리고 달리다 보면 어느덧 종착지가 있을 테고
그곳에서 너를 만나 함께 웃고 싶구나

바이러스 & 코로나19/우한

2020년 1월 어느 날
중국 우한시장 인근 바이러스 연구소에서
은밀하게 연구되던 살상용 바이러스
우연이었을까. 실험용 박쥐들이 폐기 처분이 되어 시장으로
흘러 들어가서
마침내 시작된 우한 코로나바이러스
이를 알아챈 의사는 다른 의사들에게 위험성을 공유하지만
공산 체제의 당국은 공개를 용납하지 않았다

또 다른 신천지교인들
우한에 숨어들어 포교 활동을 하다가
한국 청도 대남병원 장례식장에 와서 바이러스를 전염시키고
신천지 대구교회 예배당에 모인 수천 명의 신도에게 감염시켜
온 나라를 혼란에 빠뜨렸다

전 세계에 퍼져 나간 코로나19 바이러스
감기처럼 은밀히 들어왔다가
폐를 망가뜨리고 죽음에 이르게 하는 도살자
사람들은 격리되고 도시는 텅 비었다

누구의 책임인가
박쥐 한 마리에서 시작된 변종 바이러스
표정 없는 사람들의 마스크 행렬
2020년 봄날은 냉정하게 지나가고 있다

개심사 開心寺

늦은 저녁 홍벚꽃 길을 따라 찾아간 개심사
돌계단 밟으며 오르는 산길
슬그머니 계곡을 따라 내려오는 산 어스름

어느덧 숨이 가빠오고 발걸음도 더뎌질 때
인간 세계 해탈코자 극락을 찾아 나선 구도자의 길이던가
눈앞에 나타난 연등 행렬

홍벚꽃 청벚꽃 어둠 속에 환해지는데
숲속에서 울어대는 산새 소리
계곡의 물소리까지 가슴에 담으며
내려오는 밤길
다시 오마 다짐하며 개심사를 등졌다

여름날

바닷가 해송 그늘에 누워
먼바다로 떠나는 뱃고동 소리와
해조음海潮音을 듣고 싶네
누가 찾지 않아도 상관없네
내겐 등 기댈 수 있는 천년 소나무에
파란 바다 물결
어차피 인생은 혼자서 가는 길
욕심 없이 살라는 바람소리 새소리
망망한 천공天空 위를 떠가는 뭉게구름 보며
바닷가 언덕에 눕고 싶네

섬

내 마음속엔 섬이 하나 있지요
파도와 싸운 인고의 세월
수많은 은빛 자갈들 빛나고 있는
당신이 찾아내지 못한 섬이 하나 있지요

물왕리에 가면

물왕리에 가면
작은 호수가 있고
새벽이면 물안개 수면 위를 떠올라
호수 가득 몽환적 풍경을 만들어낸다네

물왕리에 가면
연꽃들 피어
세상사 찌든 삶을 정화해 준다네

물왕리에 가면
젊은 날의 꿈들이 어느새
황혼의 그림자 되어
붉은 노을 드리우고 있다네

물왕리에 가면
다시는 돌아오지 않는 젊은 날의 꿈들이지만
호숫가 촘촘히 솟아나 자신의 존재를 드러내는 부들처럼
치열하게 살아온 젊은 날의 흔적들을 만나볼 수 있다네

물왕리에 가면

장마, 그리고 빗길

그녀는 이별의 눈물을 쉼 없이 흘렸다
칠월 칠석날 오작교에서 만난 두 연인
헤어짐이 너무 서러워 뒤돌아서 흘리는 눈물
인간계에서는 장마다
노아의 홍수인 양 50일이 넘게 내리는 장맛비
기후의 역습 자연재해라는 용어가
방송과 지면 SNS에 흩날리고
홍수를 피해 살고자 지붕 위에 올라선 한우 사진
몇 마리의 소들은 높은 산 암자까지 올라가서 뉴스를 탄다
언제쯤 장마는 끝날까
아침 출근길 쏟아지는 폭우는
와이퍼의 왕복 운동으로도 앞을 분간하지 못하게 한다
비상등을 깜박이며 앞으로 나가는 차들
세상이 온통 빗물과 구름일 뿐이다

바람의 언덕*·1

한때는 잡목들과 동백나무 숲으로
참새들과 풀벌레들 모여들고
바람만이 몰려왔다가 안부 전하고 돌아가던 곳
이 언덕에 큰 풍차 하나 세우고
바다로 난 계단에 의미를 주니
쉼의 공간이 된 바람의 언덕
푸른 바다 바라보며 온갖 자세를 취하며
사진을 찍는 연인들
바닷가 언덕 아침 햇살에 반짝이는
떠나간 동생 그리워 세운 누이의 비석
강아지풀 꽃대궁도 고개 끄덕이며 바라보는 한낮

_____
* 거제도 관광지

바람의 언덕 · 2

바람의 언덕에 서면
끝없이 밀려와 귓볼에 속삭이는 바람의 이야기
먼 태평양 섬 두 남녀의 애련한 사랑 이야기도 전해 주고
오대양을 누빌 거제조선소 용접공의 슬픈 가정사도 있다

바람에 낮게 흔들리는 이름 모를 풀꽃들
풀꽃들의 작은 사연들은 바람이 담아 갈까
절벽으로 달려와서 온몸 부딪치고 부서지는 포말들
억겁의 흔적들이 바위에 새겨져 있다

동백나무 숲에는 박새들의 재잘거림과
홀로 붉게 피었다가 지는 동백꽃들
섬이 싫다고 도회지로 나간 딸 기다리는
노모의 패인 주름살만 늘어가고
풍차만 홀로 그리움을 날리며 돌아가고 있다

제3부

·

가을 연시戀詩

깃발

이것은 소리 없는 아우성
저 푸른 해원을 향해 흔드는
영원한 노스탤지어의 손수건*
청마의 고향 거제도
그의 생가 앞에서 펄럭이는 깃발

그립고 그리워서 원망하던 파도**도
변함없이 출렁이건만
이제는 낯선 방문객들만

시인으로서 한 시대에 발자취를 남기고 떠난 그
인생은 짧고 예술은 영원하다는 것을
청마문학관에서 보고 있네

---

*, ** : 청마 유치환의 시 「깃발」, 「파도」

고래

검은 등에 흰색 배를 드러내며
깊은 심연을 헤엄치다
무엇이 그리웠는지 물 위로 솟구쳐 올라
울음 우는 혹등고래

보라색 바다 바탕에 분홍 꽃들 속을 헤엄치며
무엇을 찾고 있는가
귀신고래여

지느러미가 아닌 날개가 있다면
바다 위를 솟구쳐 올라
하늘 바다까지 날아가련만
그래서 더욱더 슬픈 혹등고래

섬마을 이야기

내가 태어날 때부터 들었던
서해 파도 소리
철썩철썩 쏴아아
그 이후로 떠나지 않고
내 귀에 들려오던 파도 소리

먼 객지에 나가 도시의 한 허름한 여인숙에서
쪽잠을 청할 때도
휴전선 비무장지대 철조망을 순찰하던 새벽녘에도
울려 퍼지던 파도 소리
철썩 쏴아아

외도*가 보이는 집 앞 검은여에는
전복 소라 바지락 굴 청각 미역 톳들이 자라고
만선을 알리는 뱃고동 소리
잔잔히 들려오던 섬마을

어부들의 거센 풍랑 이야기도

* 충남 안면도 샛별해수욕장 앞에 있는 작은 섬

해녀들의 물질 사연들도
낯설지 않던
꿈에서도 그리운
내 고향 섬마을

한겨울 어머니의 바다

새벽이면 똑같은 시간에 들리던
부엌에서의 딸그락 소리
겨울 새벽 어린 나의 잠결에 들리던 딸그락 소리
어머니는 새벽마다 바다에 가시기 위해
아침 식사를 준비하고 누룽지를 긁어 바구니에 담으셨다

시베리아에서 불어온 동토의 찬바람은
서해 바닷가 마을에도 와서
파도마저 성에를 만들었지만
어머니는 언제나 바다로 향하셨다

썰물이 빠지면 굴밭에는 버캐*들 천지
돌 틈을 뒤집으며 따낸 버캐들
어머니는 찬물에 손이 부르터 가며 버캐를 담으셨다
누룽지로 허기를 채우며
가끔은 동네 사람들과 이미자의 동백 아가씨와
서산 갯마을을 부르며
밀물이 갯골을 타고 밀려올 때까지

---

* 껍질을 까지 않은 굴

저 멀리서 아들이 소달구지를 끌고 올 때까지
그것이 겨울 어머니의 삶이었고 일생이었다

푼푼이 모아 객지 나간 자식 가르쳐 보려고
한겨울에도 바다로 나가신 어머니의 꿈
개천에서 용이 나는 것뿐만 아니라
바다에서도 용오름을 기대하셨기에
나는 괜찮다 힘들지 않다 아들아 하시던 어머니

밤꽃

유월은 살아 숨 쉬는 신화
녹음으로 숨차 오르는 고개턱마다
하얗게 피어서 전설 모으고 있는
지천의 꽃들
메마른 하늘 위로 날아간
꽃살덩이
백여 년 깊은 침묵이
이제야 깊은 뿌리를 드리웠다
누가 황토물 흐르는 저 산언덕
팽겨진 등성이로 피 뿌리며 쓰러져 갔는가
숱하게 밟힌 군화의 발소리 따라
풀잎 쓸며 숲으로 숲으로 가 버린
주검 냄새 가득한 산천
돌아보니
산에는 흰 옷자락 펄럭이며 뛰어오르던
동학 농민군 함성이 메아리로 남아
피어서 피어서 자유의 향내만 풍기는
그 꽃
밤나무골의 밤꽃 잔치

사제상 師弟像

80년대 중반까지
20대 젊음을 묶어 두었던 곳
강산은 네 번이나 변해 갔는데
은행나무 아래 사도상은 변함이 없이 독서 중이다
스승과 제자 사이가 다정하다
가지는 멈추지 않고 뻗어 있건만
젊은 날 청춘의 시계는 되돌아오지 않는다
그리움이여
막연한 미래의 모습들만 그려 가며 스쳐 갔던 세월이여
이제 나 여기 서서 지난날을 반추해 보니
인생 한낮 꿈길 속 빈 걸음이었구나
채워도 채워지지 않던 갈증의 잔들이
여기저기 깨어져 뒹굴고 있구나

풀꽃문학관에서

죄송합니다.
저희 문학관 진입로 포장 공사 관계로
3일간 문을 열지 않습니다.
이해 있으시기를 바랍니다.
– 2022. 11. 10. 나태주 올림

공주사대부고 옆 시인의 문학관에는
시인은 없고 공고문만 눈에 들어오더라
뒤뜰 작은 풀꽃들만 반갑다 웃으며 고개 숙이고 있더라
늦가을 느티나무 잎들만 바람에 우수수 떨어지고 있더라
자전거만 혼자 우두커니 쉬고 있더라

가을

가을이 아프게 깊어 가고 있습니다
우리의 젊은 날이 신록으로 푸르렀다가
어느 날 문득 단풍으로 물들어 가는 것을 봅니다
가로수 길을 걷거나
먼 산 숲 그늘 아래 떨어지는 낙엽들의 슬픔이
아파 오는 오늘
삶이 참 아름다운 가을입니다

가을, 우체국 풍경

노란 국화 화분 입구에 놓인 우체국
멀리 기숙사에 간 막내아들 가을옷을
아비의 마음까지 더해 택배 상자에 담는다
사람들은 하나둘씩 어딘가로 소식 전하고
가을 속으로 총총히 사라져 가는 한낮
색색으로 물들어 가는 단풍잎들
계절은 어느덧 지난여름을 잊게 하는데
툭툭 떨어지는 낙엽을 밟으며
너에게 쓰고 싶은 편지 한 장
잘 지내지. 건강하고 행복하렴….
가을. 우체국 소식 담은 제비는
창공으로 날아간다

가을 연시戀詩

가을에는
생각들을 주워야 한다.
봄부터 쏟아놓은 수많은 말과
여름날의 한숨들
쓸데없이 길거리에 내다 버린
소심했던 생각들 모두
거두어야 한다
땀 흘리지 않은 수확이 어디 있으랴
들판의 곡식들 곳간에 쌓이기 전에
흘려버린 생각들 낟알 줍듯
주워야 한다
나뭇잎들 하나둘씩 떨어져
거리에서 힘없이 이리저리 뒹굴기 전에
허한 말들과 뜻 없이 행한 것들 모두
거두어들여야 한다
밤바람 차갑게 살갗에 스미고
쉬 어둠이 온다
어둠이 안개처럼 저녁을 메우기 전에
겨울이 소리 없이 유리창에
성에꽃 피우기 전에

실야라인siljaline*

바람 불고 하늘 청명한 가을날
문득 핀란드 어느 항구에 들러
크루즈 여객선을 타고 싶네

올림피아 터미널을 떠난 커다란 여객선은
물살을 헤치며 앞으로 나아가리
20층 아파트 높이의 선상에서 내려다보면
마치 상어 물고기 같은 핀란드의 경비정이
실야라인을 뒤따르겠지
육중한 선체는 넉넉히 받쳐 주는 바다의 부력으로
스웨덴 스톡홀름 항구를 향해
전진해 나아가리

바닷길 옆 작은 섬마다 하얀 펜션들
저마다의 사연을 남기며 사람들이 살아가리.
그리움이란 것은 하얀 포말처럼
솟아올랐다가 부서져 가는 것

---

* 핀란드 헬싱키에서 스웨텐 스톡홀름항까지 운행하는 크루즈 여객선

낯선 발트해 위에서 북유럽의 풍광을 보며
상념에 젖어 보리
실야라인 여객선 뱃머리에서
빙하에 부딪혀 침몰해 갔던 타이태닉이나
맹골수도 바다 위에서 심연으로 빠져들어 간
세월호도 떠오르겠지

인생이란 깊은 수로 위를 떠가는 배처럼
목적지를 향해 앞으로 나아가는 것
가끔은 곁눈질하며 발걸음을 헛디디기도 하지만
항구를 향해 달려가는 나그네라네
그곳엔 나를 기다려 줄 사람 없어도
이 길 멈추지 않고 가 보려 하네

고구마

추운 겨울을 무사히 넘긴 어미 고구마
몸에선 수많은 새순이 자라나고
줄기는 어느 날 밭으로 간다
뿌리는 깊이깊이 수분을 찾아 번져 가며
6월 가뭄 힘겹게 버티니
어느새 무성하게 번져 가는 줄기와 잎들
비가 오고 햇빛이 빛나는 날들이 지나자
땅속에서는 씨알들이 자라
든든한 믿음의 열매로 자라났네
늦가을 수확의 시간
농부의 손에 올라오는 고구마들
혼자만 자라 비대해진 고구마
잎과 줄기만 무성해 잔뿌리만 무성해진 고구마
여러 형제 사이좋게 튼실하게 자란 고구마
우리 삶의 모습이었구나
너는 어떤 지금 고구마로 살아가고 있느냐!

감나무

감나무가 해거리를 하나 보다.
작년에는 가지가 늘어지도록 주렁주렁 달렸었는데
장마와 고온에 시달린 여름을 보내고 나니
가지마다 숭숭 바람이 샌다

감나무는 가지의 무게를 견디기 위해
감의 개수를 조절한다지
우리 삶도 힘 조절이 필요하다
너무 진을 빼면 몸이 느낀다
현재의 성과에 취해 에너지를 쏟으면
보충해야 하지만 인생은 쉽지 않은 것
또 다른 일들이 그를 기다린다

비록 몇 개 남지 않은 감들이지만
가을 햇살에 단맛 나게 익어 가기를
누군가에게는 감빛 추억이 되기를

어머니 나라

밤이면 가장 빛나는 별 북극성
어머니 지금 그 나라는 어떠신가요?
아픔도 슬픔도 없는 나라
기쁨과 평안이 가득한 천국
지금 이 세상에서는 상상하지 못할
새로움이 가득한 나라
어머니 북극성 향해 천사들의 호위받으며
올라가시던 1989년 9월의 밤도
눈 깜짝할 사이 지나갔습니다
추석이라고 모인 자손들
차례를 지내며 젊은 날
부모님 사진을 바라봅니다
하늘 가는 밝은 길이 내 앞에 있으니
슬픈 일을 많이 보고 늘 고생하여도….
어머니 즐겨 부르시던 찬송가처럼
그 나라에서 영영 행복하소서

가을, 그 긴 밤에

산촌의 밤은 언제나 손님처럼 오기엔
맨발로 달려 나가 맞기에는
부끄럼 앞서는 것을
별과 달이 운행이 엄숙한 고요를 이루어
마당가 수수목 고개 숙여
성숙함으로 세월을 묶는데
돌아감이란 무엇이며
살아 있음은 무엇이랴
내 비록 살아 숨을 쉬나
그림자만 밟고 가는 길
아직 머물 곳은 창호지 사이로
등불 비치는 나의 보금자리

살다 보면

살다 보면 때로는
고난의 날들이 찾아오지만
아픈 기억들 모두 담아
호수에 던져 버리면 잠잠해진다네

잔잔한 호수 위에 번져 가는
물결의 파장
그 고난의 시간을 참고
이겨내야 한다네

친구들의 응원과 성도들의 기도까지
가슴에 담아 일어서야 한다네
살다 보면 찾아오는 고난이지만
잠잠히 하늘을 바라보면
왜 그 고난이 찾아왔는지
깨달음을 얻게 된다네

주님께 솔직하게 회개하고 기도드리면
고난이 오히려 기쁨이 되어
앞날을 축복한다네

행복

이른 아침
새들이 행복하게 짹짹거리는 것은
언제든 쪼아 먹을 수 있는
달콤한 과일이 있기 때문

처마 끝에 떨어지는 낙숫물 소리를
부담 없이 들을 수 있는 것은
저 멀리 구름 걷히고
따뜻한 태양이 비추어 주기 때문

행복은 언제나 멀리 있는 것이 아니라
소소한 삶의 일상에서 찾아야 하는 것
그것이 작은 행복이어야 함을

혼자 가는 먼 길

이 길의 끝에는 무엇이 있을까
침잠하는 슬픔을 두레박으로 건져 가며
꽃길도 아닌 폭우 내리는 길

머뭇거리지 말고 가라 한다
때로는 하얀 이빨 드러내며 밀려오는 파도를 만나고
천산天山에서 쏟아지는 눈사태를 만날지라도
나의 영혼은 조금도 흔들리지 않으리

지금은 깎아지른 절벽 길을 맨발로 걷고
빙하 아래 차가운 심해를 헤엄쳐 나가지만
포기하지 않고 가리
혼자 가는 먼 길
그 길의 끝에 나를 기다리며 기도하고 있을
사랑하는 그대가 있으니

노을

계절은 어느덧 겨울로 가고 있습니다.
기러기 떼 줄 지어 날아간 자리
하늘은 그리움으로 물들었습니다.
가슴 시리게 다가오는 이름 하나
어차피 함께 갈 길이 아니었기에
기러기 떼 지나간 자리처럼
희미한 기억으로 남았지만
생각의 그물 위로 떨어지는
차가운 빗방울들
오늘 밤 가슴 저리게
그대가 그립습니다

우크라이나, 아픈 전쟁이여

우리는 우크라이나를 잘 몰랐다. 다만
저 먼 동유럽의 곡물 창고라는 것과
2차 대전 독일군 탱크가 우크라이나 습지에서
러시아군에게 패퇴한 정도만 역사 시간에 배운, 하지만
백인 계열의 미인들이 많이 산다는
콩밭 매는 김태희를 쉽게 만나볼 수 있다는
술집 안주 정도로 웃어넘기던 우크라이나

푸틴이라는 공산주의 독재자가 차르가 되어
영원히 지배하고자 하는 욕망의 러시아
올림픽에서도 약물과 반칙을 일삼아 퇴출당한 사회주의 국가
그 러시아에 침공당해 울고 있다. 고통스러워하고 있다
사천삼백만 명이 평화롭게 살아가던 우크라이나 건물과 땅이
포탄과 포성, 미사일로 무너져 내리고 파괴되고 있다

공격하는 자는 승리하기 위해
방어하는 자는 조국을 지키기 위해
목숨을 던진다.
우리가 6·25 전쟁에 삼백만 명의 희생자가 나왔듯이

얼마의 희생이 더 있어야 전쟁이 멈출 것인가
세계의 평화는 올 것인가
우크라이나 전쟁을 보며
우리를 노려보고 있을 북한군과 중공군들
그들도 미래의 대만과 한국을 향해
방사포와 미사일을 쏘아댈 상상에 빠졌는가
인류의 소망 평화 자유 평등도
한 독재자의 욕망과 오판으로 한순간 깨진다는 진리

우크라이나여. 마침내 승리하라
조국을 지켜 내고 푸르고 노란 깃발을 대평원에서 마음
껏 휘날리라
그곳에서 대한민국의 김태희 같은 아이들이
노랑나비 잡으러 뛰어다니는 그날 오게 하라
우크라이나여!
우크라이나인이여!!

제4부

·

낯선 곳에서
하룻밤을

시인詩人

스쳐 가는 바람을
가슴으로 마셔 버리고
꽃 하나 먹고
한 뼘
다리를 건너가는 나그네

멀리 산허리에 걸린
하얀 구름을 머리카락에 거머쥐고
푸른 들녘을 걸어가는
그대는 선각자

바람이 가슴을 채우고
구름은 하얗게 부서져
머리 위에 흩날리면 짐짓
홀로 머물지 못하는 마음 있어

스러지는 연녹색 발자취를 남기고
황혼의 언덕 넘어
과거의 고향으로 가는 그대는

아! 시인이어라

(1984 공주에서)

대숲

1

한 올 한 올 실바람 모여들어
성긴 바람 댓잎 아우성을 부른다
툇마루 달린 메주 덮은 댓잎은
바다를 닮아 파랗고
대숲에 걸린 달에 놀란
강아지 짖어 대는 밤
안개는 스멀스멀 대숲을 향하여 기어간다

2

조카 녀석 잠든 얼굴엔
대낮 소꿉장난이 숨어 있고
어머니 마른기침
대숲 가르며 비명이 된다
함석지붕 처마 밑으로
달빛은 잠식해 들어와
자정 알리는 시계추
깨우는 시간

3

뜰에 나서 귀 기울이면
풀벌레 기척 소리
비둘기 깃 퍼덕이는 소리
몸 비비며 울어대는
댓가지 요란함이 들려온다
대숲 너머 나뒹구는 쟁기만
새벽을 부르고

4

길 따라 떠나신 할머니 모습
대숲에 어릴 때
먼바다에서 들려오는
고동 소리 정겹다
청댓잎 숨 몰아쉬며 잠들어도
뿌리는 부지런히 수액을 더듬는다
대숲에 달빛 숨어드는 밤

(1985, 공주교대 계룡문학상 당선작)

아침

회색 천을 두른 안개가
어둠을 씻으며 산길로 오면
동편 하늘은 우물가에서 물 긷는
누이의 홍조 띤 얼굴
새벽별 하나둘씩
서쪽 하늘로 넘어가는
채 가시지 않은 어둠
둥지의 새들조차 단꿈에 잠긴
조용한 숲길 밟으며
어머니 벌써 바다로 가시나요

추위에 떨던 바다
아침이 옴을 즐거워하여 마중 나가고
검은 여 하늘을 우러르는데
어머니 발걸음을 재촉하지 마세요
포구를 떠나는 뱃고동 수놓고
물새 떼 끼룩대는 갯벌에는
분명 긴 햇살이
천천히 손님처럼 찾아들 것입니다

(1986. '터' 시동인지)

가을밤

가을비 푸른 속살 비치며 내리는 시골집
아버지는 콩걷이 녹두걷이 벼바심 걱정으로
사랑방 담배 연기 자욱하고
형 내외 새끼 꼬는 소리
귀뚜라미 울음 속에 연기처럼 피어난다
비릿한 갯내음 들창문 두드리니
주낙 놓으러 바다 나간 삼촌이 보고 싶다
이리 뒤척 저리 뒤척 잠은 안 오고
마실 간 어머니 마중이나 가 볼까
비는 내리는데
우두둑 감 떨어지는 소리
먼저 가신 그분들의 발자취인가
밤이 깊을수록 촛농은 쌓이고
촛불 아스라이 흔들리는 긴 가을밤
어느메쯤 새벽닭은 우는가
속닥대는 형 내외 새끼 꼬는 소리만 끝없고
마실 간 어머니는 왜 이리 늦으실까
갯바람 불어와 들창문 두드리는 바닷가에
밤비는 내리는데

(1986, '터' 시동인지)

저녁 바다

마음에 빈자리 너무 많아
찾아온 저녁 바다 어느덧
낙조落照의 꽃이 피고 있다
노을에서는 오렌지 향내가 난다
지금쯤 남녘 바닷가 어느 조그만 농장의
오렌지 향기는 바다를 물들이고
향기에 취한 여행자는 명상에 잠겨
해변을 거니리
갯모롱이 돌아 어부의 집 한 채
바구니 인 어미는 밀물을 등지고 오고
아이는 모랫벌을 달려간다
잔잔한 웃음 위로 마주 서는 모녀母女
어깨 위로 출렁이는 금빛 물결
별이 바다 위로 떨어지는 밤
어둠 헤치고 불타는 수평선 고깃배 무리
팽팽하게 당겨 오는 그물의 중량감에
함박 웃는 어부
탄성하는 바다
빈 가슴 채우고 돌아오는 귀로에

이슬이 내리고 아득한 기억을 넘어
동쪽 하늘로 보름달이 뜨고 있다

(1986. '터' 시동인지)

회색 도시

도시는 온통 회색 안개에 정복당한 채
서서히 긴 잠에서 깨어나기 시작한다
나는 거대한 짐승의 입 같은 지하도를 헤매는
한 마리 벌레처럼 표정 없는 얼굴들에 휩싸여
또 다른 입으로 토해져 나와
끝없는 미로의 빌딩 숲을 걷는다
표정 없이 우뚝 서 있는 빌딩마다
낮 전등이 켜지고
회색의 안개는 소리 없이 빌딩 숲을 배회할 때
나의 발걸음은 빌딩 속으로 향한다
창문을 통해 바라보는 도시의 풍경
눈앞에 보이는 것은 어느 날 갑자기 분출해 버린
콘크리트 조각품들
흙이 사라진 회색 도시의 물결 속에서
누가 흙의 아름다움을 이야기할 것인가
흙의 평화를 진실들을 두껍게 덮어 버린
회색 도시에 언제까지나 나의 껍질들을
하나둘씩 벗겨내야만 하는가

(1987. '터' 시동인지)

갈대

그들은 거인족처럼
후줄근히 키만 커서 무더기로 모여 산다
인적 드문 고요의 땅
버려진 개펄이나 강가에서
종일토록 서로의 얼굴 비비며 따뜻한 체온 느끼다가
밤이 오면 무엇이 그리 슬픈지
엉엉 울기도 한다
가을날 따스한 보금자리 찾아온
철새 몇 마리 떠나보내야만 하는
아쉬움과 허전함이던가
또 다른 슬픔 하나
가장 사랑하고 있다는 것을 처음 느낄 때
흰 머리칼 휘날리며 떠나야 할 자신이 미워
겨울 속으로 떠나야 하는
세월 때문이란 것을

(1989, '터' 시동인지)

엽서

먼 곳에서
아주 먼 곳에서 날아 온
엽서 한 장
파도 소리 가까이에서 몸짓하는 섬마을
온 밤을 뒤척이다 뱃고동 소리에 눈떠
새벽 바다에 서면
동쪽 하늘엔 온통 황금새 날아오르더라
다 저녁때
꽃잎처럼 바다로 떨어져 빛나는 햇살 바라보면
깊은 바다의 사연 조금이나마 느낄지도 몰라
외로움이라면 그것은 감청색 외로움
그리움이라면 그것은 노을빛 그리움
이곳 가을 들녘은 온통 들꽃 세상
들꽃들 세상
바다에서도 꽃은 피리라
다만 손 닿지 않는 곳에서
무형의 날갯짓으로 날아오르리
외로움 넘치면 노래하라
보고픔이 가득해 떠나는 뱃머리 꿈에 보이거든

이렇게 짠 내 풍기는 엽서 한 장

바다에 띄우렴

흐르다 흐르다 머무는 곳에

젊은 날 우리 있으리니

(1987. '터' 시동인지)

낯선 곳에서 하룻밤을

새 눈 트는 봄날
대지엔 어느덧 저녁 안개 머물러
긴 염전길 따라 홀로 걸어가네
처음 걸어보는 이 길에는
그 옛날 선인들의 발자국 박혀 있어
흐린 시선 너머
서해로 하루의 해가 지누나
긴 노을 붉게 타올라
내님 향한 애타는 사랑만큼이나
가슴 뜨거워져
자욱이 사라지는 안개 저녁연기
모든 것들이 한 줌 꿈이어라
태양은 지고 대지는 식어도
이 땅 위에 흐르는 그리움은 남아
어제는 먼 충청도 섬마을
오늘은 경기 땅 달월 들판
내일은 또 어디일까
하루 일을 끝낸 염부의 귀갓길엔
마을에서 아이들과 놀다 돌아오는

바람이 먼저 맞이한다
염전 길 만큼이나 골 파인 볼 가
길게 뿜는 청자 담배 연기
하늘은 유채색 풍경화다
외양간 젖소 되새김질하는
시골집 사랑방에서 하룻밤 잠을 청하니
세월은 자꾸만 거꾸로 흘러흘러
가슴에 맺힌 지난날들의 영상 피어나네
손 내밀어도 잡히지 않는 수많은 말들
온 방을 날아다니네
끝없이 벽에 부딪히며 솟아나고 있네

(1988. '터' 시동인지)

길

연대표가 새겨진 비석들 서 있는 무덤 곁을 지납니다
육신은 한 줌 흙이 되어 하얀 뼈만 곱게 숨을 쉴
나그네 여정을 살다 간 사람들
이곳에서는 부귀와 영화 번뇌와 고통 사라진
한갓 흔들리는 풀들의 꿈일 뿐입니다
나무들로 하늘 덮어 버린 숲길을 갑니다
패일대로 패이고 가끔 잡초에 묻혔다가
되살아나는 산길
꼬부랑 산길을 걸으면
아무도 없는데 혼자서 걷는 것이 아니라
누군가 앞서거니 뒤서거니 따라옴을 느낍니다
무엇일까요 바람 혹은 세월
인생이랍니다 그림자 없는 길입니다
시리도록 파란 하늘 마시며
길을 가고 있습니다
아주 먼 곳에서 입을 벌리고 있을
심연을 향해 웃으며 환호하며
미워하고 사랑하면서
선한 사람도 용서받지 못할 죄지은 사람도

모두 걷고 있는 길이 산 아래 보입니다
애초에 무엇인지도 모르고 태어난
우주의 사생아들
그들이 빠져나온 흙을 콘크리트로 덮으면서
걸어가는 마지막 지점 알고 있을까요
몸속에서 흐르는 붉은 피 그 향기로운 흙냄새
지울 수 있을까요
숲이 끝나는 곳
양지바른 마른 풀밭에 눕습니다
가벼이 가슴 덮어 주는 원초의 대기
하늘과 내가 만납니다

(1988. '터' 시동인지)

소래 포구

수인선 협궤열차
긴 꼬리 날리며 달려가는 겨울
철교 난간을 뚫고 날아오르는 회색빛 갈매기들
이 정지된 시간 포구는
무슨 꿈을 꾸고 있는가
암갈색 개펄 수렁에 뿌리를 박고
하염없이 흔들리는 갈대들
끝없이 머리 풀고 흔들리고 흔들려도
기다림의 갈증 멈추지 않는 포구의 저녁
베네치아여
그대를 생각하면 나는 자꾸
목이 메인다오
검은 해안선으로 오르다 오르다 부서져 버린
욕망과 욕구불만으로 가득한
밀물 위로 뿌려지는 저녁 놀 빛
당하고도 반항하지 못하고
헝클어진 머리칼 옷매무새 여미지도 못한 채
속울음만 울어대는 베네치아여
설움만을 가슴에 쌓아 두고 있는 것은

그대 등에 기댄 채 살아가는
어부와 갈매기 때문인가
수인선 협궤열차 경고의 기적 소리
가슴 뚫고 지나가는
고향이 그리운 이들의 안식처
소래 포구

(1989. '터' 시동인지)

가을의 변주곡

십일월 어느 저녁
연극 연습하던 아이들은
날지 못하는 백조 찾아 모두 돌아간
교실에 앉아
젊은 나이로 죽어간 시인의
아픈 절규를 들었다
때늦은 가을비
서럽게 창을 때리며 계절을 재촉할 때
살아 있음은 단지 한순간
창문에 부딪히고 흘러내리는 빗물임을 알았다
가을은 정리하는 계절
떠날 때를 스스로 알아
주저 없이 바람에 날리는 잎새처럼
젊음은 든든한 뿌리 박을 곳을 찾아
텅 빈 복도를 걸었다
현재는 녹색
과거는 노란색 물감으로 칠하는 하루
하찮은 것들에도 애써 의미를 부여하며
쓰디쓴 미소 지어 보는 얼굴아

빗물에 씻겨도 그대로인
베르사유 궁전을 서성이는
서구식 몽상가여
시인도 백조도 모두 떠나간
현대식 목조 건물을 돌아가는
껍데기뿐인 사람아, 사람아

(1988, '터' 시동인지)

꽃상여

어여~어여~
이제 가면 언제 오나
육십 평생 제멋대로 살다 가신
숙부 실은 꽃상여
가는 곳은 북망산일세

딸랑~딸랑~딸랑~딸랑~
요령 소리에 멀어져 가는 지상에서의 삶
영혼은 한 마리 새가 되어
창공 속으로 사라져 간다

어여~어여~어여~
한 발 두 발 내딛는 상여꾼들의 발걸음
남은 피붙이들 가슴에 한을 남겨 놓고
육신은 한 줌 흙이 되기 위해
칭칭 동여매인 채 심연으로 가라앉는다
위선에 가득 찼던 속세의 삶
타오르는 불속으로 던져져
허무한 재가 되어

하늘로 날아간다

인생은 아무도 가르쳐 주지 않는 것
무덤만 남아 흔적을 남긴다

(1999. 5. 20.)

시가 밥이 되는가

시가 밥이 되는가
아니다 유희다
한 순간의 여흥을 위한 유희다

시가 밥이 되는가
아니다 배설이다
창자에 묵은 변을 쏟아내는 것이다

시를 써도 써도 밥이 되지 못하는 세상
혼자 쓰다 휴지가 되어 버려지는
시는 밥이 되지 못한다

시는 밥이 되지 않아도 좋다
누가 돌보지 않아도 피었다가 지는 들꽃처럼
밤하늘에 무수히 돋았다가
아침이면 사라지는 별들처럼
사람들에게 영롱한 영혼의 울림과
가슴을 적셔 주는
시는 시다

(1999)

충주호 가는 길

아름답다는 계곡은 모두
인간 무리의 오색 텐트에 점령당했다
나무 밑에도 바위틈에도
여지없이 가득 찬 텐트들

도시를 벗어나고 싶어 왔는데
도시에서 온 인간들이 곳곳에 자리를 잡고
쓰레기들을 채우고 있다

월악산 송계 계곡
산 그림자 내려앉는 시간까지
인간들 질펀하게 쏟아 낸 오물이 흐른다

산 아래 충주호 진초록의 부유물들이 떠다니고
인간들 다시 도시로 돌아와 마실
수돗물이기에 더욱 안타까운 여름날

(1994. '터' 시동인지)

우주 비행

중력을 벗어난 우주선 속에서
비행사는 산소를 씹어먹고 싶어졌네
어제 땅 위에서 보았던 구름도
이제는 발밑에서 겨울 눈구름처럼 펼쳐져 흘러가네
솜사탕처럼 만져지지도 빨아먹지도 못할
신기루의 구름 떼
가슴 깊은 골짜기에 그리움을 만들어 놓고
지상으로 하강하기 시작하네

여과되지 않은 채 직진하는 태양 빛
이 강력함과 맞서기엔 눈이 부시네
모든 것을 손에 쥐고 싶었던
지상에서의 삶이 한낮 구름을 움켜잡는 것이었네

여기는 천국과 지옥의 중간 지점
카오스의 세계
한눈에 보이는 푸른 지구가
꾸역꾸역 머리 숙이며 지나가고 있네

(1996. '터' 시동인지)

낯선 고독

우리나라 어디쯤
기차역 광장에 서면
낯선 고독 하나 기다렸다는 듯이
마중 나와 있다

지나가는 사람들의 표정을 훔쳐보고
거칠고 투박한 사투리를 들으면
문득 나는 이름 모를 별에서 날아 온
외계인

무심히 내 앞을 지나가기도 하고
피우다 만 담배를 발로 비벼 끄다가
머쓱한 얼굴로 돌아서는 시내의 등 뒤로
달라붙은 낯선 고독
그것은 외로움인가

(1999)

귀향 일기 · 18

– 눈

증오처럼 푸른 대나무
철저히 막힌 칸칸의 감방 속에서
못 참겠다 못 참겠다 외치는
분노의 숨 가쁜 소리
여기저기서 엉켜 나오는 소리들 모여
큰 함성이 된다.
참아라, 참아라
댓잎 어르며 지나가는 이방인 예수의 음성
일곱의 일곱 배라도 참아라
부르르 몸을 떠는 시퍼런 참대
갑자기 쏟아져 내리는
내려서 댓잎 스치는 흰 눈발
자유의 깃발 휘날리며 압제의 벽을 향해
벽을 부셔라 새 하늘 보아라
큰 외침 대숲에 울려 퍼지자
흰 광목띠 질끈 동여맨 눈에서 불꽃 튀는 사람들
우르르 어깨 걸고 몰려나온다.
죽창에 시퍼렇게 날 세우고
얼어붙은 겨울 들판 가로질러 달려간다.

다시는 돌아오지 않을 사람들처럼

(1992. 문학지평)

귀향 일기 · 19

– 부흥회

1

늙은 전도사 강단을 치며 설교하는
언덕 위 예배당
찬송 소리 북 소리 잠자는 마을로 퍼지는
부흥회의 밤
아골 골짝 섬마을 십오 년 세월
풀꽃처럼 살아온 늙은 전도사의 꿈
기도가 되어 폭풍의 언덕 위로 날아오른다

부름 받아 나선 이 몸 어디든지 가오리다
소돔 같은 거리에도 사랑 안고 찾아가서
얼어붙은 땅 굳게 닫힌 사람들의 마음을 울리는
뜨거운 사랑의 전파
아낌없이 드리리다 아낌없이 들리리다
칼바람에 헝클어지는 복음

2

강사로 나온 늙은 장로의 생애가
낡은 영사기 필름처럼 돌아갈 때

122

꾸벅꾸벅 졸아대는 갯벌에서 굴 찍던 아낙들
천국과 지옥은 장로의 마음
저들에겐 눌러오는 잠이 더 달다

욥처럼 살아라 유다처럼 살지 말고
아브라함처럼 모세처럼 믿음 지켜라
요나처럼 회피하지 말고
…처럼 …처럼 …처럼
천국은 곧 주어지리라

석유난로는 뜨겁게 달아올랐다.
문 밖에서는 칼바람 스치고
조는 아낙들 떠나
얼어붙은 마을로 향하는
예수의 시린 손

(1992. 문학지평)

동학사

병풍처럼 깎아지른 절벽 아래
산자락을 드리운 산 그림자
그 속으로 속세의 인연 끊고
모든 것 털어내고 산속으로
깊은 산속으로 걸어가는 비구니
저녁 어스름 내리는 길에
낙엽은 가을로 진다
바람은 느티나무 잎 사이로 지나며
하늘의 구름도 머물지 않는 시간
무엇을 찾고 있나요
염주 알 굴리고 굴려도
백팔번뇌는 끝이 없어라
풍경 소리에 깊어 가는
산사山寺의 밤
누가 호수에 그림자를 띄웠을까
상념의 배는 어둠 속에 떠돌고

(1991. 문학지평)

금강별곡

　강물 위로 달빛이 부서지는 밤, 강줄기 따라 노인 하나 노 저어 오는 것을 보았다. 저만치 곰나루에 닻을 내리고 반짝이는 등불을 향해 걸어가는 노인의 등 뒤로 출렁이며 강물이 흐르고, 흐드러지게 휘어진 솔밭 사이로 강바람은 몰려가서 음울한 별리別離 노래를 연신 부르고 있었다. 역사의 밤을 가르며 강물이 흐르고 소중히 고동치는 심장을 향해 전설의 영웅들은 강물에 승리의 칼을 간다. 그대가 이름 모를 고지에서 밀려드는 적들에게 기관총을 난사할 때….

1. 한성 백제의 멸망
역사의 수레바퀴가 돌던 밤
장수왕은 한강을 건너
위례성을 포위했다.
30만 대군은 창을 들고 성을 공격하고
불화살은 쉴새 없이 날아들어
성안은 온통 아수라장이었다
선왕은 왕자와 신하들을 피하게 하고

진영을 정돈하여 적을 맞아 싸우다 전사
성은 함락되었다.

백제의 밤이 걷힐 때
가련한 백성들과 왕족들은
남으로 남으로
새 땅 새 하늘 찾아
가는 거다. 다시 시작하는 것이다
복수의 그날까지

수일을 걸려 산을 넘고 들을 지나
내려 온 지친 행렬들
보인다.
새 땅이, 푸른 들판이
비단으로 수놓은 강이 흐르고….
그대의 왕명은 문주文主
금강이라 하리라
강은 흐르고, 어제같이 흐르고

2. 두 아이

청벽靑壁을 돌아 흘러내리는 물살
공산성 백사장에 머물면
꼴 베던 두 아이, 돌을 던진다.

쟁기 끌던 웅진 텃밭 흙냄새
쌍수雙樹 휘어진 가지 위
새벽안개로 흘러
천오백 년 이어 온 백제의 향기
바스라이 낙엽에 쌓인다.

해상의 무적 동성東成함대
서해를 흉용洶湧하고
야망의 투사들
중원 대륙을 달렸다.

세월은 가고 무너진 성벽 사이로
들풀 돋는 곳
행여 발에 닿는 부서진 성문 조각들

이끼 낀 왕궁터

흐르는 금강
곰나루 전설 실은 사공의 가락에
하나둘 늘어만 가는 무명 묘비
어허라. 백발아, 위용 없는 장군처럼 늘어만 가도
천년을 더불어 황혼을 낚겠노라.

연미산 지네골 돌아 흘러내리는
차가운 물살
금강 백사장에 머물면
꼴 베던 두 아이, 돌을 던진다.

3. 동학 농민 전쟁

1894년 시월
동학군은 공주 감영을 공격하기 시작했다.
외세를 몰아내고 민중을 위한
태평성대 꿈꾸어
흰 옷자락 나부끼며 뛰어오르던 수많은 농민은

우금티 고개에 쓰러지고
한양 진군의 꿈은 스러져 갔다.

깊은 하늘
용광로 불길 속으로
사방팔방에서 무수히 던져진 농민의 꽃다발은
영원의 강물 되어 피로 물들어 흐르고

백화白花 요란한 하늘 밭 위에
용감하게 던져진 젊음을
역사는 돌아보지 않았다.
피를 머금은 금강만이
그들의 넋을 달래 가며 흐를 뿐….

　사람들은 역사의 그날들을 아는지 모르는지 박
제된 양심으로 살아가는 강촌에 밤이 오면 갈대만
이 서로 몸 비벼대며 울어대고 풀벌레 요란히 긴 밤
을 진군해 넘어오는 여명黎明의 새벽 노래를 부르고
있다.

동면 冬眠
−이 도시에 있어서 겨울은 정적이다

모락모락 오르는 저녁연기는
산 아래 가난한 동네에서 먼저 오르고
하늘엔 하얀 눈 가득하다.
상수리, 참나무들은 말이 없고
강江조차 깨어날 줄 모른다.

하행선 기차 소리만 가끔 들려오는 밤
몰래 찾아 든 바람마저 길 찾아 떠나는
적막한 소도시의 겨울
컹컹 짖어대는 개들
그것은 조용한 동면冬眠의 숨소리에 지나지 않는다.
가을 녘 술꾼들의 노랫가락도 잊혀진 지
오랜 세월처럼 느껴지는 주점
술동이는 비어 있다.

그 옛날 아사달 아사녀 꿈꾸던 산자락 양지 녘엔
다람쥐 먹이 찾아 서걱대고
안개 자욱한 도시의 카페
비발디의 선율에서 문득 깨어나는

동면冬眠의 꿈

푸른 샘물 돌 틈 비집고 흘러
언뜻 강이 풀리면
그대, 불면不眠의 밤은 사라지리니
깊은 잠을 깨치고 미명未明의 새벽을 향해
횃불 들고 서자!
먼 곳에서 아우성치며 올라오는
한반도의 아침을 푸른 가슴으로 맞이하자.

(1985)

제5부

·

멀리 있는 것은
밤에만 보인다

지진, 전쟁 그리고 죽음의 그림자

튀르키예와 시리아에 일어난 7.8도의 강진으로
수많은 건물이 무너지고 사람들은 건물 잔해에 깔렸다

우리 인간은 출렁거리는 맨틀 위에서 살아가는
아슬아슬한 삶 아니더냐
어느 날 지각이 흔들리고
그 속의 마그마가 솟아오르면 화산이 폭발하고
땅이 갈라지면 지진이 일어나
그 위에 지은 인간들의 건물들이 무너져
수많은 생명을 앗아간다

절망과 암흑의 땅 시리아에는
구원의 손길은 없고 울부짖음과 죽음의 냄새뿐
흰 눈 쌓인 튀르키예의 건물 잔해 더미에서 사투를 벌이는
구조대원들
시간은 흘러가고 삶의 희망의 끈은
하나둘씩 끊어져 가는구나

살아남은 자는 앞으로의 삶이 막막하고
죽은 자는 지나간 삶을 기억하지 못한 채

망각의 존재로만 남을 것이다

이 우울한 죽음의 현장 너머 동유럽에서는
벌써 일 년 동안 서로의 땅을 차지하기 위해 싸우고 있는
러시아와 우크라이나의 전쟁터
수천 년 갈등의 땅 가나안에는
이스라엘과 하마스 간의 전쟁
죽음의 그림자는 이곳에도 머물고
음흉한 미소를 짓고 있다

사탄이여! 죽음의 잔치를 멈추어라
고귀한 생명의 싹을 자르지 마라
이 땅은 평화의 땅
축복의 땅이 되어야 하니
죽음을 드리우는 전쟁의 무기들과
화산과 지진으로 인한 죽음의 공포를 걷어
너의 고향 무저갱無低坑으로 들어가라
악의 세력이여
다시는 이 땅에 돌아오지 마라

멀리 있는 것은 밤에만 보인다

우리 삶에 그늘이 내릴 때
내 눈앞에 있는 것만 보지 말고
멀리 보기 바랍니다

그것도 혼잡스러운 낮이 아닌
밤에 홀로 하늘을 바라보면
먼 우주 공간에서 날아온
아름다운 별빛이 반짝입니다

어느 세월에 출발한 빛인지는 알 수 없지만
은하계를 지나 성운을 지나
이 지구의 한 사람 눈에 보일 겁니다

진짜 멀리 있는 것은 밤에만 보이기에
마음의 눈을 활짝 뜨면
보이지 않던 것들까지 보이게 됩니다

여기는 남반구의 파초가 우거진 나라
세상 모든 짐을 내려놓고

밤하늘의 별을 바라봅니다

북반구에서도 보았던 북두칠성
반갑게 나를 내려봅니다
멀리 있는 것은 밤에만 보입니다

아니었다면

10월 29일 토요일이 아니었다면
이태원 밤거리 할로윈 축제에 가지 않았을 것을

그날 시골에 사는 친구가 오지 않았더라면
나는 번쩍이는 나이트클럽 구경 가지 않았을 것을

내 나이가 20대가 아니었다면
가족들과 바닷가에 텐트를 치고
모닥불을 피우고 있었을 텐데

내가 탄 지하철이 그 밤 이태원역에서 멈추지 않았더라면
홍대 밤거리나 덕수궁 돌담길을 걸었을 텐데

대통령이 청와대에 있었더라면
경찰 기동대가 모두 용산으로 몰려가지 않았을 것을

이태원 내리막 40m 도로가 없었더라면
내 친구와 손잡고 흥겨운 밤거리를 활보했을 텐데

누군가에 등 떠밀려 넘어져
겹겹이 쌓여 죽어 가지 않았을 것을

그날에 내 운명이 그 좁은 길을 걸어갔기에
돌이킬 수 없는 운명이었기에
늦가을 떨어지는 플라타너스 잎처럼
심장의 박동이 멈추고 말았던 것을….

우도 해녀의 노래

너 거기 누워 있었느냐
톨칸이* 건너편엔 성산봉이 듬직하게 서서
애절한 사모곡만 불러 보는
당신과 나의 그리움의 거리
사람들은 이 땅에서 태어나고 자라
더러는 뭍으로 떠나 다시 돌아오지 않더라
내 사랑도 그렇게 더벅머리 사나이가 되어
떠나간 지 칠십 년
열일곱 처녀 시절부터
물질하며 긴 세월을 이 섬과 함께
기다리고 기다렸다오
가끔씩 뭍에서 들려오는 동란 소식과
더러는 군대로 가서 상이군인이 되어
피골상접한 얼굴로 돌아왔고
어느 해는 월남이란 나라에 가서
전사통지서만 날아왔지만
그때 떠나간 그 총각은 영영
소식 없이 세월만 흘러갔다

---

* 우도 사투리로 소의 여물통

우도 바다 뿔소라 톳 전복들 물질로
해녀의 살아가는 양식이 되었지만
내 주름은 깊어만 가고
손주들은 자라 성인이 되었다
저 옥빛 물빛은 변함없이 오늘도
큰바다로 흐르는 꿈을 꾸지만
아직도 그리움은 미련이 되어
바다만 바라보고 있다오
해녀의 노래만 부르고 있다오

둔덕골* 애가哀歌

바람 불고 비 오는 날이면 둔덕골에 올라
멀리 떠나간 그대를 생각하오
나 죽어 하나의 바위가 되어
먼 대양으로 향하는 어부의 심정으로
끝없이 바다만 바라볼 것이오

도회로 가는 긴 둑방길엔 코스모스가 피어
가을의 그리움을 그대에게 날리어 보지만
대답 없는 그대에게 손 편지를 우체통에 담고
돌아오는 발걸음이 쓸쓸하오

나는 그대에게 깃발이 되어 휘날려도 보고
만주 벌판 삭풍 맞으며 외쳐도 보았지만
아! 서글픈 사랑이여 한여름 밤의 꿈이여
둔덕골 언덕엔 밤이면 무수한 별똥별이
그대를 향해 떨어지오

나의 은하수는 밤마다 우주 공간에 오작교를 만드는데

---

* 청마 유치환 시인의 거제도 생가 마을

굳어 버린 당신의 마음은 언제 풀리려나
아! 어쩌란 말이냐
파도야 대답해다오. 대답해다오.

상처, 그리고 헌신

모든 만물이 기지개를 켜는 봄날
나도 몽우리를 터뜨리고
분홍 복사꽃을 피웠다
꽃을 찾아 벌과 나비가 내 몸속으로 들어와
화분과 꿀을 날랐다

나의 성장은 그치지 않았고
햇살을 맞으며 둥글게 몸을 키워 갔다
폭풍우와 태풍까지 이겨내며 맞이한 초가을
나는 당당하게 붉은 과육을
모두에게 보이고 싶었지만,

아뿔사!
내 몸속에서 꾸물거리는 그것은
복숭아 나방의 애벌레 한 마리
너는 그렇게 소리 없이 들어와 내 몸을 파먹으며
커 가고 있었다
하지만 내 몸을 희생해 네가 자란다면
그것으로 괜찮다

나는 관대하다

어미의 살을 파먹고
살아남는 우렁이 새끼들처럼

너도 언젠가는 멋진 나방이 되어
날개를 퍼덕이며
파란 하늘로 날아갈 테니까

조피란 여사

조선 시대 정감록에 나오는 피난처 중의 하나인
마곡사 골짜기에 터를 잡고 살아 온
조피란 여사

6 · 25 전쟁 때도 전쟁을 모르고 지나갔다는 마을에서
토종닭으로 백숙을 끓이며
식당을 해 온 지 수십 년 세월
오늘 밤도 능이버섯을 넣고 끓인 백숙을 내오는
조피란 여사

마곡사의 밤은 깊어 가고
조피란 여사의 인생 이야기 또한
끝날 줄 모르는데
낯선 여행자의 하룻밤도 추억되어
낙엽처럼 쌓이네

흰제비꽃

부모님 산소 주변에 솟아나 꽃을 피운
백의민족의 꽃
순결하고 고결함을 잃지 않고 피는
너의 영토는 고귀하다
춘궁기가 찾아와
오랑캐가 쳐들어올 때 피기에
오랑캐꽃으로도 불렸다는
오늘은
고운 봄날
입안에서 맴도는 너의 이름
다시 되뇌어 본다
흰·제·비·꽃

무

아침마다 쑥쑥 자라는
무를 보면
아이들이 떠오릅니다

아침마다 등교하는
아이들의 모습들
쑥쑥 자라나는 무처럼
생기 넘치고 활달합니다

멋진 우리 아이들
이 가을의 주인공입니다

봄이면 피는 꽃

어느 꽃이 먼저 피나
매화 산수유 개나리 진달래 목련이 피고
뒤따라 벚꽃 살구 복숭아 사과꽃이 피지
모든 꽃이 지려 할 때 피는 철쭉
색깔 더욱 진하게 봄을 보낸다네

키가 안 큰다고 걱정하는 아이야
조금 늦을 뿐이지 어느 날 너도
쑥 자라 있을 거야
조급해하지 말고 너의 길을 가렴
순서가 중요한 것이 아니고
얼마나 열심히 살았느냐에
행복이 따라올 거야

구멍

삶의 무게가 버거웠더냐

희고 노란 들꽃들 피어 봄바람에 살랑거리고
하얀 민들레 씨앗은 바람 따라 하늘로 나는데
큰 구멍 하나 가슴에 안고 서 있는 감나무

누가 네 가슴에 커다란 상처를 남겨 두고 떠나간 것이냐

부모 가슴에 대못을 박아 놓고 떠나간 자식
못 뺀 자리마다 황소바람 들락거려
아프고 시린 날들을 보냈다

봄 햇살 맞으며 잎사귀는 피어나고
감꽃들도 무성히 필 것이다

노란 가을날 어느 때쯤
붉디붉은 그리움들은 홍시가 되어
가슴에 뚫린 상처 보듬어 주리

철길 위에 남겨진 이야기

교환 요한 바오로 2세가 한국을 방문했다고
라디오에서는 중계에 열을 올릴 때
하얀 벚꽃도 져서 호수 위를 떠다니던 꽃잎들
흘러가는 꽃잎을 바라보던 우리에게
미래는 어떤 모습이었을까요
아득한 기차의 기적 소리를 들으며
평행으로 뻗어 있는 레일 위에 실어 보낸
어느 젊은 날 첫사랑의 이야기들
수많은 세월이 흘러도 기차는 사연을 밟으며 지나가고
추억들만 더욱 생생하게 철길 위에 돋아나는
교환의 한국 방문에 벅차하던 그 시절의 사연들

봄

먼 산 뻐꾸기 울어
봄인가 내다보니
개울가 능수버들 가지가지마다
초록 순 돋는구나

앞산 진달래 피어
봄을 재촉하니
이리저리 날아드는 나비 한 쌍
봄 햇살에 사랑놀이 그치질 않네

그리운 그님은 바구니 들고 냉이 캐러 가고
나는 노란 산수유꽃에 마음 걸려
시간 가는 줄 모르네

폭설

2월의 첫 하늘은 축제였다
끝없이 내려오는 저 천사들의 나팔 소리
폭죽처럼 일제히 터지는 봄날의 배꽃이 피듯이
온 하늘이 축제의 날이었다
이런 폭설이 내리는 날에는
먼 오지의 외딴집 노부부 안부도 궁금해지고
눈 무게에 해송 가지 부러지는 소리에 잠 깨던
유년 시절의 아득한 그리움도 있다
이 폭설이 그치면
홀연히 떠나간 그리운 이 찾아
나도 정처 없는 길 나서야 하리

고비사막

사막의 산등성이를 오르면
멀리 보이는 푸른 강 같은 신기루
모래톱에서는 사막을 여행하는 여행자를 유혹하는
음악이 흐르고
끝없이 흐르는 모래알들의 속삭임들
멀리 쌍봉낙타의 울음소리
어미 잃은 낙타를 위해 들려주는 마두금 선율
어미 낙타의 눈물은 마두금 선율과 조화를 이루며
황혼에 물드는
몽골 초원 유목민의 삶

눈 내리는 풍경

오후가 되자 갑자기 하늘에 구름이
까마귀 떼처럼 몰려오기 시작했다
뒤이어 하얀 나비들이 날개를 퍼덕이며
일제히 공간을 가득 채웠다
산 아래 마을의 지붕들은 어느새 하얗게 변해 가고
들판도 한순간 백설의 세상이 되어 있었다
외딴 마을로 이어지는 길에는
그리움의 줄기들이 낮고 길게 이어져 있고
정적만이 흐르는 시간
어둠은 점령군처럼 은밀하게 골짜기에서부터 내려오더니
기억의 저편까지 망각으로 채워 버렸다
희미한 등불들만 조등이 되어 걸려 있고
고요함만이 수안보의 밤하늘을 가득 채우는 시간
외로운 달그림자만이 졸고 있었다

정전

순식간에 세상이 고요해졌다
정적 속에 할 수 있는 것이라곤
두꺼비집을 열어 스위치를 올렸다 내리고
주변을 둘러보는 것뿐

환한 빛과 추운 겨울 난방까지 모두
전기의 힘이었던 것을
모르고 살았다 아니
잊고 살았다

한전과 관리실에도 전화를 걸어 보지만
돌아오는 대답은 점검 중
보고 싶다 주변의 것들이
한전은 점검 중 우리 집은 정전 중

이를 뽑다

너무 오랫동안 괴롭히더니
이젠 고통을 끝내려 한다
주인을 위해 50년 이상을 네 역할에 충실해 왔지만
더는 머물 수가 없었다
불면의 밤 고통의 시간에 종지부를 찍고
마취된 잇몸과 뿌리를 끊고 안녕
어금니 떠나간 자리엔 새로운 임플란트가 자리하겠지만
너 떠나간 빈자리 허전하게 기억의 흔적으로
오래도록 남아 있겠지

물고기의 꿈

시장 좌판에 진열된 물고기
배는 갈라져 텅 비었고 윤기를 잃은 반짝이던 비늘

한때는 너도 푸른 파도 출렁이는 깊은 바닷속을
힘차게 헤엄치던 물고기였다
가고 싶은 곳 어디라도 꼬리지느러미 흔들며
달려 나갔던 살아 있는 물고기였다
때로는 거친 물살 속 큰 물고기의 공격을 받아
아슬아슬한 때도 있었지만
당당하고 씩씩하게 살았었다

어느 날 물고기 떼 속에 들어가
큰 바다를 헤엄치다
순식간에 그물의 벽에 갇혀
끌어올려져 생을 마감했다

시장 좌판에 진열된 물고기 한 마리
썩은 비린내가 아니라
바닷속을 빠르게 헤엄치는
싱싱한 물고기가 되고 싶다

어느 겨울

적은 은밀하게 숨어들었다
저격수처럼 총구를 세워 가장 약한 부위를 공격했다
흐르는 콧물과 재채기

COVID-19 테스트는 양성
두꺼운 마스크를 하고 혼자만의 토굴로 진입하면
세계와의 단절이다

목 부위를 찔러대는 통증과
쉼 없는 기침과의 사투
또다시 찾아온 너는
인간의 모든 의지를 꺾어 놓았다

보이지 않는 바이러스와의
길고 긴 전쟁
이제 나를 충분히 괴롭혀 놓고
너는 또 어디로 떠나가려 하느냐

하늘에 찍은 점 하나

신상성(문학평론가, 서울문예대학 초대 총장)

1. 하늘에 찍은 점 하나

시인 권태주가 하늘에 점을 하나 찍었다. 이제 예순, 회갑을 맞이했으니 뒤돌아보는 시간이다. 태어나는 순간 은하수에 새롭게 뜬 권 시인의 샛별은 이제 어떤 별로, 무슨 색깔로 빛나고 있을까.

우리 민족 최고의 서사시인 「천부경天符經」을 소환해 본다. 맨 첫 구절은 '일시무시일一始無始一'이고, 마지막 구절은 '일종무종일一終無終一'이다. 핵심은 '하나의 존재론적 인간으로 태어났지만 뒤돌아보면 태어났다는 그 자체도 비존재라는 것이다. 그러니까 지나치게 과욕을 부려 봐야 부질없는 짓이다. 즉 의미 있는 삶, 지혜로운 삶을 살아야 한다는 경구다.

이 시집의 키워드는 '고향, 어머니, 바다'이다. 이 키워드를 따라가면서 좀 더 구체화해 보면 권태주의 시 사상을 세 가지로 압축할 수 있다.

첫째는 진솔하고 소박한 가치관을 가지고 있다. 둘째는 가장 한국적이며 토속적인 시어를 고집하고 있다. 셋째는 기독교 정신을 대들보로 시의 가슴에 깊이 끌어안고 있다.

하나님의 섭리에 의한 우주와 자연에 대한 경외심을 샘물로 길어 내고 있다. 그리고 그의 시는 우선 쉽고 친근하게 다가온다. 친한 친구에게 다정하게 대하는 것처럼 따뜻하다.

이러한 시적 특징은 시인이 공주교대 청년 시절 나태주 시인에게서 영향을 받은 게 아닐까 싶다. 또한 교원대 대학원 시절에는 성기조 지도 교수를 만나 시 세계가 증폭되었다.

2. 멀리 있는 것은 밤에만 보인다

은하수는 밤이라야 보인다. 수억 광년이나 멀리 떨어져 있지만 아주 가까이에서 보인다. 권 시인의 별은 참 고통스러운 과거사를 가졌다. 안면도 극히 가난한

농어촌에서 일찍 돌아가신 아버지 대신 시인의 어머니가 생계를 꾸려 갔다.

또 큰아들이 아기 때 뇌수막염이라는 병에 걸려 온 가족이 슬픔에 빠졌다. 부부는 모든 것을 팽개치고 아들의 침대를 지켰다. 세 달간 밤을 새우며 매달린 기도 덕분인지 아들은 소생하였다. 시는 지극한 고통과 고난을 먹고사는 무서운 독수리 같다.

우리 삶에 그늘이 내릴 때
내 눈앞에 있는 것만 보지 말고
멀리 보기 바랍니다

그것도 혼잡스러운 낮이 아닌
밤에 홀로 하늘을 바라보면
먼 우주 공간에서 날아온
아름다운 별빛이 반짝입니다

어느 세월에 출발한 빛인지는 알 수 없지만
은하계를 지나 성운을 지나
이 지구의 한 사람 눈에 보일 겁니다

진짜 멀리 있는 것은 밤에만 보이기에

마음의 눈을 활짝 뜨면

보이지 않던 것들까지 보이게 됩니다

여기는 남반구의 파초가 우거진 나라

세상 모든 짐을 내려놓고

밤하늘의 별을 바라봅니다

북반구에서도 보았던 북두칠성

반갑게 나를 내려봅니다

멀리 있는 것은 밤에만 보입니다

　　　　　－「멀리 있는 것은 밤에만 보인다」 전문

'멀리 있는 것은 밤에만 보인다'는 이 시집 전체를 통과하는 핵심 주제이기도 하다. 인간은 하늘에서 떨어져 하나의 생명체로 살아가지만, 죽으면 아무것도 없다. 그래서 「천부경」의 일시무시일─始無始─을 의미하기도 한다.

인간은 하나로 태어나서 한 생애를 살아가지만, 죽으면 아무것도 없다. 그러나 무의미하다는 것은 무가

치하다는 것이 아니다. 삶은 죽음과 함께 모든 것이 없어지는 것이므로 지혜롭게 살아야 한다는 것이다. 즉 과도한 욕망, 과도한 탐욕 등은 죽으면 아무것도 존재하지 않는다. 권태주 시인은 말한다.

"우리 삶에 그늘이 내릴 때/내 눈앞에 있는 것만 보지 말고/멀리 보기 바랍니다//그것도 혼잡스러운 낮이 아닌/밤에 홀로 하늘을 바라보면/먼 우주 공간에서 날아온/아름다운 별빛이 반짝입니다"

이 간절한 호소는 권 시인의 체험적인 화두이며 가치관인지도 모른다.

3. 문학과의 운명적 만남

내가 태어날 때부터 들었던

서해 파도 소리

철썩철썩 쏴아아

그 이후로 떠나지 않고

내 귀에 들려오던 파도 소리

먼 객지에 나가 도시의 한 허름한 여인숙에서
쪽잠을 청할 때도
휴전선 비무장지대 철조망을 순찰하던 새벽녘에도
울려 퍼지던 파도 소리
철썩 쏴아아

외도가 보이는 집 앞 검은여에는
전복 소라 바지락 굴 청각 미역 톳들이 자라고
만선을 알리는 뱃고동 소리
잔잔히 들려오던 섬마을

어부들의 거센 풍랑 이야기도
해녀들의 물질 사연들도
낯설지 않던
꿈에서도 그리운
내 고향 섬마을

– 「섬마을 이야기」 전문

권태주 시인은 공주교대 시절 문학 동인을 주도하며
늘 시집을 끼고 다니는 열정을 보였다. 시 동인지 『터』

를 13집까지 내며 탄탄한 습작의 과정을 거쳤다. 더구나 나태주 시인을 가까이에 모시게 되면서 더욱 문학의 늪에 깊이 빠져들었다.

두 시인은 이름이 같고 성만 다르다. '나태주와 권태주' 어떤 운명적인 만남이기도 하다. 나태주 시인과의 인연은 지금도 계속되고 있다. 그런 그의 시에 대한 갈증이 결국 충청일보 신춘문예에 당선으로 결실을 맺었다. 권 시인은 이 시집의 머리말에서도 문학에 대한 열정을 고백했다.

쇠죽을 끓이는 아궁이 앞에서 웅크리고 시를 쓰는 아들에게 어머니는 그런 아들을 보며 "시는 뭐 하려고 쓴다냐?" 하시며 걱정스럽게 말씀하셨습니다.

어느덧 40여 년의 세월이 흘러갔습니다. 어머니도 이젠 이 세상에 안 계시고 그 젊은 문학청년은 어느새 시인이 되었고 교장으로 서 있습니다. 지난 세월을 돌이켜 보며 새로운 시집을 정리해 봅니다. 아직도 가야 할 길이 멀어 보입니다.

권태주가 안면도 어촌 앞마당에 앉아 노래하던 '섬마을 이야기'는 청마 유치환의 어린 시절을 소환해 내었다. 청마도 유년 시절 거제 '둔덕골' 어촌 마당에 앉아 바다에 물질하러 간 어머니를 종일 기다렸을 것이다.

바람 불고 비 오는 날이면 둔덕골에 올라

멀리 떠나간 그대를 생각하오

나 죽어 하나의 바위가 되어

먼 대양으로 향하는 어부의 심정으로

끝없이 바다만 바라볼 것이오

－「둔덕골 애가」 일부

권태주와 유치환의 유년 시절 환경과, 주제가 너무나 흡사한 정서와 냄새에 놀란다. 청마는 어머니를 기다리며 계속 고독을 노래했다. 두 시인의 서술적 시 형식도 매우 흡사하다.

아! 서글픈 사랑이여 한여름 밤의 꿈이여

둔덕골 언덕엔 밤이면 무수한 별똥별이

그대를 향해 떨어지오

나의 은하수는 밤마다 우주 공간에 오작교를 만드는데

굳어 버린 당신의 마음은 언제 풀리려나

아! 어쩌란 말이냐

파도야 대답해 다오. 대답해 다오.

─「둔덕골 애가」 일부

4. 일종무종일 ─終無終─

　시인 권태주는 이 시집의 제목을 '혼자 가는 먼 길'로 정했다. 그러나 이는 어쩌면 반어법이다. 세상을 혼자 가는 것 같지만 진정한 동반자는 아내이다.「혼자 가는 먼 길」을 읽어 보자.

이 길의 끝에는 무엇이 있을까

침잠하는 슬픔을 두레박으로 건져 가며

꽃길도 아닌 폭우 내리는 길

머뭇거리지 말고 가라 한다

때로는 하얀 이빨 드러내며 밀려오는 파도를 만나고

천산天山에서 쏟아지는 눈사태를 만날지라도

나의 영혼은 조금도 흔들리지 않으리

지금은 깎아지른 절벽 길을 맨발로 걷고

빙하 아래 차가운 심해를 헤엄쳐 나가지만

포기하지 않고 가리

혼자 가는 먼 길

그 길의 끝에 나를 기다리며 기도하고 있을

사랑하는 그대가 있으니

–「혼자 가는 먼 길」 전문

시인 권태주는 혼자서 '깎아지른 절벽 길을 맨발로 걷고' '빙하 아래 차가운 심해를 헤엄쳐' 가지만, 길 끝에서 아내를 만나 함께 길을 가고 싶어 한다. 그 힘들던 과거를 함께 극복해 왔듯이 앞으로도 한 몸이 되어 길을 갈 것이다. 이제 환갑을 지나 한 생애를 뒤돌아보며 역시 내가 가야 하는 곳은 아내와 가족과 함께 가야 한다는 또 하나의 다짐이다. 이런 생각은 또 다른 시 「결혼」에도 함축되어 나타난다.

5. 맺는말

권태주 시인은 가장 진솔하고 긍정적이고 인간다운 삶을 살고 있다. 그는 1인 5역을 하고 있다. 첫째는 시인, 둘째는 교장 선생님, 셋째는 교회 장로, 넷째는 한 반도문인협회 회장, 다섯째는 역시 가장, 중요한 가장의 역할이다. 지금도 새벽 4시에 일어나 하나님께 기도를 드리고 일과를 시작한다.

어느새 시인의 다섯 번째 시집이다. 참 부지런하다. 그의 시를 향한 열정은 그가 그동안 받은 허균문학상(1995), 한반도문학상(2017), 성호문학상 대상(2019) 등에서 알 수 있다.

「천부경」 첫 구절과 끝 구절에서 다시 한번 이 시집을 상기하게 된다. 즉, 우리는 과욕이나 탐욕을 고집하기보다 지혜로운 인간으로 살아가야 한다는 이미지 프리즘이다.

많은 재산이나 무거운 명예를 짊어지고 고개를 넘어 봐야 고통뿐이다. '삶이 죽음이고, 죽음이 삶이 아닌가?' 이 시집을 통해서 진지하게 생각해 보게 된다.

언어의 풍경 001

혼자 가는 먼 길

2023년 12월 20일 초판 인쇄
2023년 12월 30일 초판 발행

지은이 • 권태주
펴낸이 • 양진오
펴낸곳 • (주)교학사

등록 • 제18-7(1962년 6월 26일)
주소 • 서울특별시 금천구 가산디지털1로 42(공장)
       서울특별시 마포구 마포대로14길 4(사무소)
전화 • 편집부 (02)707-5204, 영업부(02)707-5147
팩스 • (02)707-5250
홈페이지 • http://www.kyohak.co.kr

ISBN • 978-89-09-55097-0 03810